【 名 家 诗 歌 典 藏 】

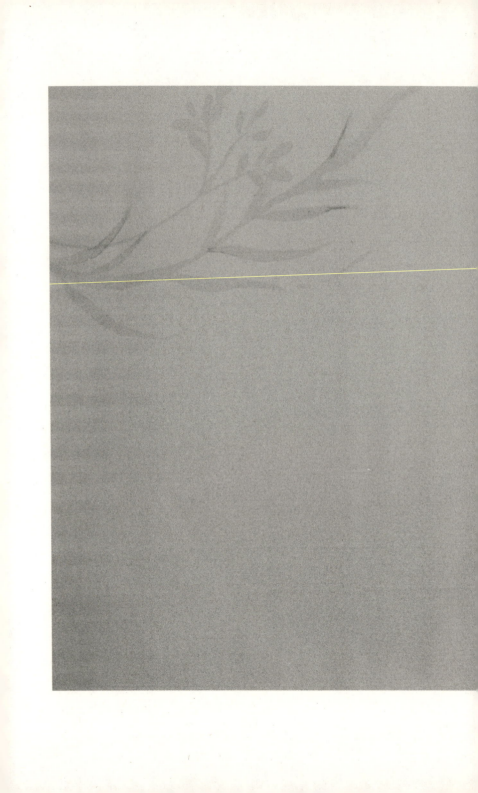

北岛诗精选

北岛 著

长江出版传媒 长江文艺出版社

图书在版编目（CIP）数据

北岛诗精选 / 北岛著. -- 武汉：长江文艺出版社，
2023.10
　（名家诗歌典藏）
　ISBN 978-7-5702-2467-8

　Ⅰ . ①北… Ⅱ . ①北… Ⅲ . ①诗集－中国－当代
Ⅳ . ①I227

　中国版本图书馆 CIP 数据核字 (2021) 第 265448 号

北岛诗精选
BEIDAO SHI JINGXUAN

责任编辑：程华清	责任校对：毛季慧
封面设计：颜森设计	责任印制：邱　莉　杨　帆

出版：长江出版传媒｜长江文艺出版社
地址：武汉市雄楚大街 268 号　　　邮编：430070
发行：长江文艺出版社
http://www.cjlap.com
印刷：湖北恒泰印务有限公司

开本：880 毫米×1230 毫米　　1/32　　印张：8　　插页：4 页
版次：2023 年 10 月第 1 版　　　2023 年 10 月第 1 次印刷
行数：6400 行

定价：48.00 元

|目　录|

第一辑

第四辑

第五辑

第六辑

第 一 辑

日 子

用抽屉锁住自己的秘密
在喜爱的书上留下批语
信投进邮箱，默默地站一会儿
风中打量着行人，毫无顾忌
留意着霓虹灯闪烁的橱窗
电话间里投进一枚硬币
问桥下钓鱼的老头要枝香烟
河上的轮船拉响了空旷的汽笛
在剧场门口幽暗的穿衣镜前
透过烟雾凝视着自己
当窗帘隔绝了星海的喧嚣
灯下翻开褪色的照片和字迹

太阳城札记

生 命

太阳也上升了

爱 情

恬静。雁群飞过
荒芜的处女地
老树倒下了，嘎然一声
空中飘落着咸涩的雨

自 由

飘
撕碎的纸屑

孩 子

容纳整个海洋的图画
叠成了一只白鹤

姑 娘

颤动的虹

采集飞鸟的花翎

青　春
红波浪
浸透孤独的桨

艺　术
亿万个辉煌的太阳
显现在打碎的镜子上

劳　动
手，围拢地球

命　运
孩子随意敲打着栏杆
栏杆随意敲打着夜晚

和　平
在帝王死去的地方
那枝老枪抽枝、发芽
成了残废者的拐杖

生　活
网

回　答

卑鄙是卑鄙者的通行证，
高尚是高尚者的墓志铭，
看吧，在那镀金的天空中，
飘满了死者弯曲的倒影。

冰川纪过去了，
为什么到处都是冰凌？
好望角发现了，
为什么死海里千帆相竞？

我来到这个世界上，
只带着纸、绳索和身影，
为了在审判之前，
宣读那被判决了的声音：

告诉你吧，世界
我——不——相——信！
纵使你脚下有一千名挑战者，
那就把我算作第一千零一名。

我不相信天是蓝的，
我不相信雷的回声，
我不相信梦是假的，
我不相信死无报应。

如果海洋注定要决堤，
就让所有的苦水都注入我心中，
如果陆地注定要上升，
就让人类重新选择生存的峰顶。

新的转机和闪闪星斗，
正在缀满没有遮拦的天空，
那是五千年的象形文字，
那是未来人们凝视的眼睛。

走 吧

——给 L

走吧，
落叶吹进深谷，
歌声却没有归宿。

走吧，
冰上的月光，
已从河床上溢出。

走吧，
眼睛望着同一块天空，
心敲击着暮色的鼓。

走吧，
我们没有失去记忆，
我们去寻找生命的湖。

走吧，
路呵路，
飘满了红罂粟。

一 切

一切都是命运
一切都是烟云
一切都是没有结局的开始
一切都是稍纵即逝的追寻
一切欢乐都没有微笑
一切苦难都没有泪痕
一切语言都是重复
一切交往都是初逢
一切爱情都在心里
一切往事都在梦中
一切希望都带着注释
一切信仰都带着呻吟
一切爆发都有片刻的宁静
一切死亡都有冗长的回声

回　忆

烛光
在每一张脸上摇曳
没有留下痕迹
影子的浪花
轻击着雪白的墙壁
挂在墙上的琴
暗中响起
仿佛映入水中的桅灯
窃窃私语

一　束

在我和世界之间
你是海湾，是帆
是缆绳忠实的两端
你是喷泉，是风
是童年清脆的呼喊

在我和世界之间
你是画框，是窗口
是开满野花的田园
你是呼吸，是床头
是陪伴星星的夜晚

在我和世界之间
你是日历，是罗盘
是暗中滑行的光线
你是履历，是书签
是写在最后的序言

在我和世界之间

你是纱幕，是雾
是映入梦中的灯盏
你是口笛，是无言之歌
是石雕低垂的眼帘

在我和世界之间
你是鸿沟，是池沼
是正在下陷的深渊
你是栅栏，是墙垣
是盾牌上永久的图案

岸

陪伴着现在和以往
岸，举着一根高高的芦苇
四下眺望
是你
守护着每一个波浪
守护着迷人的泡沫和星星
当呜咽的月亮
吹起古老的船歌
多么忧伤

我是岸
我是渔港
我伸展着手臂
等待穷孩子的小船
载回一盏盏灯光

雨　夜

当水洼里破碎的夜晚
摇着一片新叶
像摇着自己的孩子睡去
当灯光串起雨滴
缀饰在你肩头
闪着光，又滚落在地
你说，不
口气如此坚决
可微笑却泄露了你内心的秘密

低低的乌云用潮湿的手掌
揉着你的头发
揉进花的芳香和我滚烫的呼吸
路灯拉长的身影
连接着每个路口，连接着每个梦
用网捕捉着我们的欢乐之谜
以往的辛酸凝成泪水
沾湿了你的手绢
被遗忘在一个黑漆漆的门洞里

即使明天早上

枪口和血淋淋的太阳

让我交出自由、青春和笔

我也决不会交出这个夜晚

我决不会交出你

让墙壁堵住我的嘴唇吧

让铁条分割我的天空吧

只要心在跳动，就有血的潮汐

而你的微笑将印在红色的月亮上

每夜升起在我的小窗前

唤醒记忆

船　票

他没有船票
又怎能登上甲板
铁锚的链条哗哗作响
也惊动这里的夜晚

海啊，海
退潮中上升的岛屿
和心一样孤单
没有灌木丛柔和的影子
没有炊烟
划出闪电的船桅
又被闪电击成了碎片
无数次风暴
在坚硬的鱼鳞和贝壳上
在水母小小的伞上
留下了静止的图案
一个古老的故事
在浪花与浪花之间相传

他没有船票

海啊，海
密集在礁石上的苔藓
向赤裸的午夜蔓延
顺着鸥群暗中发光的羽毛
依附在月亮表面
潮水沉寂了
海螺和美人鱼开始歌唱

他没有船票

岁月并没有从此中断
沉船正生火待发
重新点燃了红珊瑚的火焰
当浪峰耸起
死者的眼睛闪烁不定
从海洋深处浮现

他没有船票

是啊，令人晕眩
那片晾在沙滩上的阳光
多么令人晕眩

他没有船票

无 题

把手伸给我
让我那肩头挡住的世界
不再打扰你
假如爱不是遗忘的话
苦难也不是记忆
记住我的话吧
一切都不会过去
即使只有最后一棵白杨树
像没有铭刻的墓碑
在路的尽头耸立
落叶也会说话
在翻滚中褪色、变白
慢慢地冻结起来
托起我们深深的足迹
当然，谁也不知道明天
明天从另一个早晨开始
那时我们将沉沉睡去

红 帆 船

到处都是残垣断壁
路，怎么从脚下延伸
滑进瞳孔里的一盏盏路灯
滚出来，并不是晨星
我不想安慰你
在颤抖的枫叶上
写满关于春天的谎言
来自热带的太阳鸟
并没有落在我们的树上
而背后的森林之火
不过是尘土飞扬的黄昏

如果大地早已冰封
就让我们面对着暖流
走向海
如果礁石是我们未来的形象
就让我们面对着海
走向落日
不，渴望燃烧

就是渴望化为灰烬
而我们只求静静地航行
你有飘散的长发
我有手臂，笔直地举起

习 惯

我习惯了你在黑暗中为我点烟
火光摇晃，你总是悄悄地问
猜猜看，我烫伤了什么

我习惯了你坐在船头低吟
木桨淌着水，击碎雾中的阳光
你拖着疲乏而任性的步子
不肯在长椅上重温我们的旧梦
和我一起奔跑，你的头发甩来甩去
隔着肩头满不在乎地笑笑

我习惯了你在山谷中大声呼喊
然后倾听两个名字追逐时的回响
抱起书，你总要提出各种问题
一边撇着嘴，一边把答案写满小手
在冬天，在蓝幽幽的路灯下
你的呵气像围巾绕在我的脖子上

是的，我习惯了

你敲击的火石灼烫着
我习惯了的黑暗

宣 告
——献给遇罗克

也许最后的时刻到了
我没有留下遗嘱
只留下笔，给我的母亲
我并不是英雄
在没有英雄的年代里
我只想做一个人

宁静的地平线
分开了生者和死者的行列
我只能选择天空
决不跪在地上
以显出刽子手们的高大
好阻挡那自由的风

从星星的弹孔里
将流出血红的黎明

结局或开始
—— 献给遇罗克

我，站在这里
代替另一个被杀害的人
为了每当太阳升起
让沉重的影子像道路
穿过整个国土

悲哀的雾
覆盖着补丁般错落的屋顶
在房子与房子之间
烟囱喷吐着灰烬般的人群
温暖从明亮的树梢吹散
逗留在贫困的烟头上
一只只疲倦的手中
升起低沉的乌云

以太阳的名义
黑暗在公开地掠夺
沉默依然是东方的故事

人民在古老的壁画上
默默地永生
默默地死去

呵，我的土地
你为什么不再歌唱
难道连黄河纤夫的绳索
也像绷断的琴弦
不再发出鸣响
难道时间这面晦暗的镜子
也永远背对着你
只留下星星和浮云

我寻找着你
在一次次梦中
一个个多雾的夜里或早晨
我寻找春天和苹果树
蜜蜂牵动的一缕缕微风
我寻找海岸的潮汐
浪峰上的阳光变成的鸥群
我寻找砌在墙里的传说
你和我被遗忘的姓名

如果鲜血会使你肥沃

明天的枝头上
成熟的果实
会留下我的颜色

必须承认
在死亡白色的寒光中
我，战栗了
谁愿意做陨石
或受难者冰冷的塑像
看着不熄的青春之火
在别人的手中传递
即使鸽子落到肩上
也感不到体温和呼吸
它们梳理一番羽毛
又匆匆飞去

我是人
我需要爱
我渴望在情人的眼睛里
度过每个宁静的黄昏
在摇篮的晃动中
等待着儿子第一声呼唤
在草地和落叶上
在每一道真挚的目光上

我写下生活的诗
这普普通通的愿望
如今成了做人的全部代价
一生中
我曾多次撒谎
却始终诚实地遵守着
一个儿时的诺言
因此，那与孩子的心
不能相容的世界
再也没有饶恕过我

我，站在这里
代替另一个被杀害的人
没有别的选择
在我倒下的地方
将会有另一个人站起
我的肩上是风
风上是闪烁的星群

也许有一天
太阳变成了萎缩的花环
垂放在
每一个不屈的战士
森林般生长的墓碑前

乌鸦，这夜的碎片
纷纷扬扬

港口的梦

当月光层层涌入港口
这夜色仿佛透明
一级级磨损的石阶
通向天空
通向我的梦境

我回到了故乡
给母亲带回珊瑚和盐
珊瑚长成林木
盐，融化了冰层
姑娘们的睫毛
抖落下成熟的麦粒
峭壁衰老的额头
吹过湿润的风
我的情歌
到每扇窗户里去做客
酒的泡沫溢到街上
变成一盏盏路灯
我走向霞光照临的天际

转过身来

深深地鞠了一躬

浪花洗刷着甲板和天空

星星在罗盘上

找寻自己白昼的方位

是的，我不是水手

生来就不是水手

但我把心挂在船舷

像锚一样

和伙伴们出航

迷　途

沿着鸽子的哨音

我寻找着你

高高的森林挡住了天空

小路上

一棵迷途的蒲公英

把我引向蓝灰色的湖泊

在微微摇晃的倒影中

我找到了你

那深不可测的眼睛

和　弦

树林和我
紧紧围住了小湖
手伸进水里
搅乱雨燕深沉的睡眠
风孤零零的
海很遥远

我走到街上
喧嚣被挡在红灯后面
影子扇形般打开
脚印歪歪斜斜
安全岛孤零零的
海很遥远

一扇蓝色的窗户亮了
楼下，几个男孩
拨动着吉他吟唱
烟头忽明忽暗
野猫孤零零的

海很遥远

沙滩上，你睡着了
风停在你的嘴边
波浪悄悄涌来
汇成柔和的曲线
梦孤零零的
海很遥远

界　限

我要到对岸去

河水涂改着天空的颜色
也涂改着我
我在流动
我的影子站在岸边
像一棵被雷电烧焦的树

我要到对岸去

对岸的树丛中
惊起一只孤独的野鸽
向我飞来

明天，不

这不是告别
因为我们并没有相见
尽管影子和影子
曾在路上叠在一起
像一个孤零零的逃犯

明天，不
明天不在夜的那边
谁期待，谁就是罪人
而夜里发生的故事
就让它在夜里结束吧

传说的继续

古老的陶罐上
早有关于我们的传说
可你还不停地问
这是否值得
当然，火会在风中熄灭
山峰也会在黎明倒塌
融进殡葬夜色的河
爱的苦果
将在成熟时坠落
此时此地
只要有落日为我们加冕
随之而来的一切
又算得了什么
——那漫长的夜
辗转而沉默的时刻

爱情故事

毕竟，只有一个世界
为我们准备了成熟的夏天
我们却按成年人的规则
继续着孩子的游戏
不在乎倒在路旁的人
也不在乎搁浅的船

然而，造福于恋人的阳光
也在劳动者的脊背上
铺下漆黑而疲倦的夜晚
即使在约会的小路上
也会有仇人的目光相遇时
降落的冰霜

这不再是一个简单的故事
在这个故事里
有我和你，还有很多人

雪　线

忘掉我说过的话
忘掉空中被击落的鸟
忘掉礁石
让他们再次沉没
甚至忘掉太阳
在那永恒的位置上
只有一盏落满灰尘的灯
照耀着

雪线以上的峭崖
历尽一次次崩塌后
默默地封存着什么
雪线下
溪水从柔和的草滩上
涓涓流过

彗　星

回来，或永远走开
别这样站在门口
如同一尊石像
用并不期待回答的目光
谈论我们之间的一切

其实难以想象的
并不是黑暗，而是早晨
灯光将怎样延续下去
或许有彗星出现
拖曳着废墟中的瓦砾
和失败者的名字
让它们闪光、燃烧、化为灰烬

回来，我们重建家园
或永远走开，像彗星那样
灿烂而冷若冰霜
摈弃黑暗，又沉溺于黑暗中
穿过连接两个夜晚的白色走廊

在回声四起的山谷里
你独自歌唱

走向冬天

风，把麻雀最后的余温
朝落日吹去

走向冬天
我们生下来不是为了
一个神圣的预言，走吧
走过驼背的老人搭成的拱门
把钥匙留下
走过鬼影幢幢的大殿
把梦魇留下
留下一切多余的东西
我们不欠什么
甚至卖掉衣服、鞋
和最后一份口粮
把叮当作响的小钱留下

走向冬天
唱一支歌吧
不祝福，也不祈祷

我们绝不回去
装饰那些漆成绿色的叶子
在失去诱惑的季节里
酿不成酒的果实
也不会变成酸味的水
用报纸卷枝烟吧
让乌云像狗一样忠实
像狗一样紧紧跟着
擦掉一切阳光下的谎言

走向冬天
不在绿色的淫荡中
堕落，随遇而安
不去重复雷电的咒语
让思想省略成一串串雨滴
或者在正午的监视下
像囚犯一样从街上走过
狠狠踩着自己的影子
或者躲进帷幕后面
口吃地背诵死者的话
表演着被虐待狂的欢乐

走向冬天
在江河冻结的地方

道路开始流动

乌鸦在河滩的鹅卵石上
孵化出一个个月亮
谁醒了，谁就会知道
梦将降临大地
沉淀成早上的寒霜
代替那些疲倦不堪的星星
罪恶的时间将要中止
而冰山连绵不断
成为一代人的塑像

黄昏：丁家滩
——赠 M 和 B

黄昏，黄昏
丁家滩是你蓝色的身影
黄昏，黄昏
情侣的头发在你肩头飘动

是她，抱着一束白玫瑰
用睫毛掸去上面的灰尘
那是自由写在大地上
殉难者圣洁的姓名

是他，用指头去穿透
从天边滚来烟圈般的月亮
那是一枚订婚的金戒指
姑娘黄金般缄默的嘴唇

嘴唇就是嘴唇
即使没有一个字
呼吸也会在山谷里

找到共同的回声

黄昏就是黄昏
即使有重重阴影
阳光也会同时落入
他们每个人心中

夜已来临
夜，面对四只眼睛
这是一小片晴空
这是等待上升的黎明

归 程

汽笛长鸣不已
难道你还想数清
那棵梧桐上的乌鸦
默默地记住我们
仿佛凭借这点点踪影
就不会迷失在另一场梦中

陈叶和红色的蓓蕾
在灌木丛上摇曳
其实并没有风
而藏匿于晨光中的霜
穿越车窗时
留下你苍白的倦容

是的，你不顾一切
总要踏上归程
昔日的短笛
在被抛弃的地方
早已经繁衍成树林
守望道路，廓清天空

你在雨中等待着我

你在雨中等待着我

路通向窗户深处

月亮的背面一定很冷

那年夏夜，白马

和北极光驰过

我们曾久久地战栗

去吧，你说

别让愤怒毁灭了我们

就像进入更年期的山那样

无法解脱

从许多路口，我们错过

却在一片沙漠中相逢

所有的年代聚集在这里

鹰，还有仙人掌

聚集在这里

比热浪中的幻影更真实

只要惧怕诞生，惧怕

那些来不及戴上面具的笑容

一切就和死亡有关

那年夏夜并不是终结

你在雨中等待着我

随　想

黄昏从烽火台上升起
在这界河的岛屿上
一个种族栖息
又蔓延，土地改变了颜色
神话在破旧的棉絮下
梦的妊娠也带着箭毒扩散时
痛苦的悸动，号角沉寂
尸骨在夜间走动
在妻子不断涌出的泪水中
展开了白色的屏风
遮住那通向远方的门

东方，这块琥珀里
是一片苍茫的岸
芦苇丛驶向战栗的黎明
渔夫舍弃了船，炊烟般离去
历史从岸边出发
砍伐了大片的竹林
在不朽的简册上写下

有限的文字

墓穴里，一盏盏长明灯
目睹了青铜或黄金的死亡
还有一种死亡
小麦的死亡
在那刀剑交叉的空隙中
它们曾挑战似的生长
点燃阳光，灰烬覆盖着冬天
车轮倒下了
沿着辐条散射的方向
被风沙攻陷的城池
是另一种死亡，石碑
包裹在丝绸般柔软的苔藓里
如同熄灭了的灯笼

只有道路还活着
那勾勒出大地最初轮廓的道路
穿过漫长的死亡地带
来到我的脚下，扬起了灰尘
古老的炮台上空一朵朵硝烟未散
我早已被铸造，冰冷的铸铁内
保持着冲动，呼唤
雷声，呼唤从暴风雨中归来的祖先

名家诗歌典藏

而千万个幽灵从地下

长出一棵孤独的大树

为我们蔽荫，让我们尝到苦果

就在这出发之时

很 多 年

这是你，这是
被飞翔的阴影困扰的
你，忽明忽暗
我不再走向你
寒冷也让我失望
很多年，冰山形成以前
鱼曾浮出水面
沉下去，很多年
我小心翼翼
穿过缓缓流动的夜晚
灯火在钢叉上闪烁
很多年，寂寞
这没有钟的房间
离去的人也会带上
钥匙，很多年
在浓雾中吹起口哨
桥上的火车驶过
一个个季节
从田野的小车站出发

为每棵树逗留

开花结果，很多年

回　声

你走不出这峡谷
在送葬的行列
你不能单独放开棺木
与死亡媾和，让那秋天
继续留在家中
留在炉旁的洋铁罐里
结出不孕的蓓蕾
雪崩开始了——
回声找到你和人们之间
心理上的联系：幸存
下去，幸存到明天
而连接明天的
一线阳光，来自
隐藏在你胸中的钻石
罪恶的钻石
你走不出这峡谷，因为
被送葬的是你

峭壁上的窗户

黄蜂用危险的姿势催开花朵
信已发出，一年中的一天
受潮的火柴不再照亮我
狼群穿过那些变成了树的人们
雪堆骤然融化，表盘上
冬天的沉默断断续续
凿穿岩石的并不是纯净的水
炊烟被利斧砍断
笔直地停留在空中
阳光的虎皮条纹从墙上滑落
石头生长，梦没有方向
散落在草丛中的生命
向上寻找着语言，星星
迸裂，那发情的河
把无数生锈的弹片冲向城市
从阴沟里长出凶险的灌木
在市场上，女人们抢购着春天

雨中纪事

醒来，临街的窗户
保存着玻璃
那完整而宁静的痛苦
雨中渐渐透明的
早晨，阅读着我的皱纹
书打开在桌上
瑟瑟作响，好像
火中发出的声音
好像折扇般的翅膀
华美地展开，在深渊上空
火焰与鸟同在

在这里，在我
和呈现劫数的晚霞之间
是一条漂满石头的河
人影骚动着
潜入深深的水中
而升起的泡沫
威胁着没有星星的

白昼

在大地画上果实的人
注定要忍受饥饿
栖身于朋友中的人
注定要孤独
树根裸露在生与死之外
雨水冲刷的
是泥土，是草
是哀怨的声音

关于传统

野山羊站立在悬崖上
拱桥自建成之日
就已经衰老
在箭猪般丛生的年代里
谁又能看清地平线
日日夜夜，风铃
如文身的男人那样
阴沉，听不到祖先的语言
长夜默默地进入石头
搬动石头的愿望是
山，在历史课本中起伏

第 二 辑

八月的梦游者

海底的石钟敲响
敲响，掀起了波浪

敲响的是八月
八月的正午没有太阳

涨满乳汁的三角帆
高耸在漂浮的尸体上

高耸的是八月
八月的苹果滚下山冈

熄灭已久的灯塔
被水手们的目光照亮

照亮的是八月
八月的集市又临霜降

海底的石钟敲响

敲响，掀起了波浪

八月的梦游者
看见过夜里的太阳

这 一 步

塔影在草坪移动，指向你
或我，在不同的时刻
我们仅相隔一步
分手或重逢
这是个反复出现的
主题：恨仅相隔一步
天空摇荡，在恐惧的地基上
楼房把窗户开向四方
我们生活在其中
或其外：死亡仅相隔一步
孩子学会了和墙说话
这城市的历史被老人封存在
心里：衰老仅相隔一步

无　题

永远如此
火，是冬天的中心
当树林燃烧
只有那不肯围拢的石头
狂吠不已

挂在鹿角上的钟停了
生活是一次机会
仅仅一次
谁校对时间
谁就会突然衰老

地铁车站

那些水泥电线杆

原来是河道里漂浮的

一截截木头

你相信吗

鹰从来不飞到这里

尽管各式各样的兔皮帽子

暴露在大街上

你相信吗

只有山羊在夜深人静

成群地涌进城市

被霓虹灯染得花花绿绿

你相信吗

诗 艺

我所从属的那座巨大的房舍
只剩下桌子，周围
是无边的沼泽地
明月从不同的角度照亮我
骨骼松脆的梦依旧立在
远方，如尚未拆除的脚手架
还有白纸上泥泞的足印
那只喂养多年的狐狸
挥舞着火红的尾巴
赞美我，伤害我

当然，还有你，坐在我的对面
炫耀于你掌中的晴天的闪电
变成干柴，又化为灰烬

挽 歌

寡妇用细碎的泪水供奉着
偶像，等待哺乳的
是那群刚出生的饿狼
它们从生死线上一个个逃离
山峰耸动着，也传递了我的嚎叫
我们一起围困农场

你来自炊烟缭绕的农场
野菊花环迎风飘散
走向我，挺起小小而结实的乳房
我们相逢在麦地
小麦在花岗岩上疯狂地生长
你就是那寡妇，失去的

是我，是一生美好的愿望
我们躺在一起，汗水淙淙
床漂流在早晨的河上

可疑之处

历史的浮光掠影
女人捉摸不定的笑容
是我们的财富
可疑的是大理石
细密的花纹
信号灯用三种颜色
代表季节的秩序
看守鸟笼的人
也看守自己的年龄
可疑的是小旅馆
红铁皮的屋顶
从长满青苔的舌头上
淌落语言的水银
沿立体交叉桥
向着四面八方奔腾
可疑的是楼房里
沉寂的钢琴
疯人院的小树
一次一次被捆绑

橱窗内的时装模特
用玻璃眼珠打量行人
可疑的是门下
赤裸的双脚
可疑的是我们的爱情

自昨天起

我无法深入那首乐曲
只能俯下身，盘旋在黑色的唱片上
盘旋在苍茫时刻
在被闪电固定的背景中
昨天在每一朵花中散发幽香
昨天打开一把把折椅
让每个人就座
那些病人等得太久了
他们眼中那冬日的海岸
漫长而又漫长

我只能深入冬日的海岸
或相反，深入腹地
惊飞满树的红叶
深入学校幽暗的走廊
面对各种飞禽标本

在黎明的铜镜中

在黎明的铜镜中
呈现的是黎明
猎鹰聚拢唯一的焦点
台风中心是宁静的
歌手如云的岸
只有冻成白玉的医院
低吟

在黎明的铜镜中
呈现的是黎明
水手从绝望的耐心里
体验到石头的幸福
天空的幸福
珍藏着一颗小小沙砾的
蚌壳的幸福

在黎明的铜镜中
呈现的是黎明
屋顶上的帆没有升起

木纹展开了大海的形态
我们隔着桌子相望
而最终要失去
我们之间这唯一的黎明

期　待

没有长长的石阶通向
那最孤独的去处
没有不同时代的人
在同一条鞭子上行走
没有已被驯化的鹿
穿过梦的旷野
没有期待

只有一颗石化的种子

群山起伏的谎言
也不否认它的存在
而代表人类智慧
和凶猛的所有牙齿
都在耐心期待着
期待着花朵闪烁之后
那唯一的果实

它们等了几千年

欲望的广场铺开了
无字的历史
一个盲人摸索着走来
我的手在白纸上
移动，没留下什么
我在移动
我是那盲人

触 电

我曾和一个无形的人
握手，一声惨叫
我的手被烫伤
留下了烙印
当我和那些有形的人
握手，一声惨叫
他们的手被烫伤
留下了烙印
我不敢再和别人握手
总是把手藏在背后
可当我祈祷
上苍，双手合十
一声惨叫
在我的内心深处
留下了烙印

语　言

许多种语言
在这世界上飞行
碰撞，产生了火星
有时是仇恨
有时是爱情

理性的大厦
正无声地陷落
竹篾般单薄的思想
编成的篮子
盛满盲目的毒蘑

那些岩画上的走兽
踏着花朵驰去
一棵蒲公英秘密地
生长在某个角落
风带走了它的种子

许多种语言

在这世界飞行
语言的产生
并不能增加或减轻
人类沉默的痛苦

呼救信号

雨打黄昏
那些不明国籍的鲨鱼
搁浅，战时的消息
依旧是新闻
你带着量杯走向海
悲哀在海上

剧场，灯光转暗
你坐在那些
精工细雕的耳朵之间
坐在喧嚣的中心
于是你聋了
你听见了呼救信号

空 间

孩子们围坐在
环行山谷上
不知道下面是什么

纪念碑
在一座城市的广场
黑雨
街道空荡荡
下水道通向另一座
城市

我们围坐在
熄灭的火炉旁
不知道上面是什么

白日梦（组诗节选）

1
在秋天的暴行之后
这十一月被冰霜麻醉
展平在墙上
影子重重叠叠
那是骨骼石化的过程
你没有如期归来
我喉咙里的果核
变成了温暖的石头

我，行迹可疑
新的季节的阅兵式
敲打我的窗户
住在钟里的人们
带着摆动的心脏奔走
我俯视时间
不必转身
一年的黑暗在杯中

4

你没有如期归来

而这正是离别的意义

一次爱的旅行

有时候就像抽烟那样

简单

地下室空守着你

内心的白银

水仙花在暗中灿然开放

你听凭所有的坏天气

发怒、哭喊

乞求你打开窗户

书页翻开

所有的文字四散

只留下一个数字

——我的座位号码

靠近窗户

本次列车的终点是你

6

我需要广场

一片空旷的广场

放置一个碗，一把小匙
一只风筝孤单的影子

占据广场的人说
这不可能

笼中的鸟需要散步
梦游者需要贫血的阳光
道路撞击在一起
需要平等的对话

人的冲动压缩成
铀，存放在可靠的地方

在一家小店铺
一张纸币，一片剃刀
一包剧毒的杀虫剂
诞生了

9
终于有一天
谎言般无畏的人们
从巨型收音机里走出来
赞美着灾难

医生举起白色的床单
站在病树上疾呼：
是自由，没有免疫的自由
毒害了你们

存在的仅仅是声音
一些简单而细弱的声音
就像单性繁殖的生物一样
它们是古钟上铭文的
合法继承者
英雄、丑角、政治家
和脚踝纤细的女人
纷纷隐身于这声音之中

11
别把你的情欲带入秋天
这残废者的秋天
打着响亮唿哨的秋天

一只女人干燥的手
掠过海面，却滴水未沾
推移礁石的晚霞
是你的情欲
焚烧我

我，心如枯井
对海洋的渴望使我远离海洋
走向我的开端——你
或你的尽头——我

我们终将迷失在大雾中
互相呼唤
在不同的地点
成为无用的路标

13
他指着银色的沼泽说
那里发生过战争
几棵冒烟的树在地平线飞奔
转入地下的士兵和马
闪着磷光，日夜
追随着将军的铠甲

而我们追随的是
思想的流弹中
那逃窜着的自由的兽皮

昔日阵亡者的头颅
如残月升起

越过沙沙作响的灌木丛
以预言家的口吻说
你们并非幸存者
你们永无归宿

新的思想呼啸而过
击中时代的背影
一滴苍蝇的血让我震惊

15
蹲伏在瓦罐里的夜
溢出了清凉的
水，那是我们爱的源泉

回忆如伤疤
我的一生在你脚下
这流动的沙丘
凝聚在你的手上
成为一颗炫目的钻石

没有床，房间
小得使我们无法分离
四壁薄如棉纸
数不清的嘴巴画在墙上

低声轮唱

你没有如期归来
我们共同啜饮过的杯子
砰然碎裂

18
我总是沿着那条街的
孤独的意志漫步
喔，我的城市
在玻璃的坚冰上滑行

我的城市我的故事
我的水龙头我的积怨
我的鹦鹉我的
保持平衡的睡眠

罂粟花般芳香的少女
从超级市场飘过
带着折刀般表情的人们
共饮冬日的寒光

诗，就像阳台一样
无情地折磨着我

被烟尘粉刷的墙
总在意料之中

21
诡秘的豆荚有五只眼睛
它们不愿看见白昼
只在黑暗里倾听

一种颜色是一个孩子
诞生时的啼哭

宴会上桌布洁白
杯中有死亡的味道
——悼词挥发的沉闷气息

传统是一张航空照片
山河缩小成桦木的纹理

总是人，俯首听命于
说教、仿效、争斗
和他们的尊严

寻找激情的旅行者
穿过候鸟荒凉的栖息地

石膏像打开窗户

艺术家从背后

用工具狠狠地敲碎它们

23

在昼与夜之间出现了裂缝

语言突然变得陈旧

像第一场雪

那些用黑布蒙面的证人

紧紧包围了你

你把一根根松枝插在地上

默默点燃它们

那是一种祭奠的仪式

从死亡的山冈上

我居高临下

你是谁

要和我交换什么

白鹤展开一张飘动的纸

上面写着你的回答

而我一无所知

你没有如期归来

第 三 辑

钟　声

钟声深入秋天的腹地
裙子纷纷落在树上
取悦着天空

我看见苹果腐烂的过程

带暴力倾向的孩子们
像黑烟一样升起
房瓦潮湿

十里风暴有了不倦的主人

沉默的敲钟人
展开的时间的幕布
碎裂，漫天飘零

一个个日子撞击不停

船只登陆

在大雪上滑行
一只绵羊注视着远方

它空洞的目光有如和平

万物正重新命名
尘世的耳朵
保持着危险的平衡

这是死亡的钟声

晚　景

充了电的大海
船队满载着持灯的使者
逼近黑暗的细节

瞬间的刀锋
削掉一棵棵柏树上的火焰
枝干弯向更暗的一边

改变了夜的方向
山崖上的石屋
门窗开向四面八方

那些远道而来的灵魂
聚在光洁的瓷盘上
一只高脚蚊子站在中间

重建星空

一只鸟保持着
流线型的原始动力
在玻璃罩内
痛苦的是观赏者
在两扇开启着的门的
对立之中

风掀起夜的一角
老式台灯下
我想到重建星空的可能

无　题

比事故更陌生
比废墟更完整

说出你的名字
它永远弃你而去

钟表内部
留下青春的水泥

无　题

我看不见
清澈的水池里的金鱼
隐秘的生活
我穿越镜子的努力
没有成功

一匹马在古老的房顶
突然被勒住缰绳
我转过街角
乡村大道上的尘土
遮蔽天空

在 路 上

七月，废弃的采石场
倾斜的风和五十只纸鹞掠过
向海跪下的人们
放弃了千年的战争

我调整时差
于是我穿过我的一生

欢呼自由
金沙的声音来自水中
腹中躁动的婴儿口含烟草
母亲的头被浓雾裹挟

我调整时差
于是我穿过我的一生

这座城市正在迁移
大大小小的旅馆排在铁轨上
游客们的草帽转动

有人向他们射击

我调整时差
于是我穿过我的一生

蜜蜂成群结队
追逐着流浪者飘移的花园
歌手与盲人
用双重光辉激荡夜空

我调整时差
于是我穿过我的一生

覆盖死亡的地图上
终点是一滴血
清醒的石头在我的脚下
被我遗忘

布 拉 格

一群乡下蛾子在攻打城市
街灯，幽灵的脸
细长的腿支撑着夜空

有了幽灵，有了历史
地图上未标明的地下矿脉
是布拉格粗大的神经

卡夫卡的童年穿过广场
梦在逃学，梦
是坐在云端的严厉的父亲

有了父亲，有了继承权
一只耗子在皇宫的走廊漫步
影子的侍从前簇后拥

从世纪大门出发的轻便马车
途中变成了坦克
真理在选择它的敌人

有了真理，有了遗忘
醉汉如雄蕊在风中摇晃
抖落了尘土的咒语

越过伏尔塔瓦河上时间的
桥，进入耀眼的白天
古老的雕像们充满敌意

有了敌意，有了荣耀
小贩神秘地摊开一块丝绒
请买珍珠聚集的好天气

过 节

毒蛇炫耀口中的钉子
大地有着毒蛇
吞吃鸟蛋的寂静
所有钟表
停止在无梦的时刻
丰收聚敛着
田野死后的笑容
从水银的镜子出发
影像成双的人们
乘家庭的轮子
去集市
一位本地英雄
在废弃的停车场上
唱歌

玻璃晴朗
橘子辉煌

无　题

他睁开第三只眼睛

那颗头上的星辰

来自东西方相向的暖流

构成了拱门

高速公路穿过落日

两座山峰骑垮了骆驼

骨架被压进深深的

煤层

他坐在水下狭小的舱房里

压舱石般镇定

周围的鱼群光芒四射

自由那黄金的棺盖

高悬在监狱上方

在巨石后面排队的人们

等待着进入帝王的

记忆

词的流亡开始了

知 音

一只管风琴里的耗子
经历的风暴，停顿

白昼在延长
身体是大地的远景
绝对的辨音力
绝对的天空

一曲未终
作曲家的手稿飘散
被风暴收回

仅仅一瞬间

仅仅一瞬间
金色的琉璃瓦房檐
在黑暗中翘起
像船头闯进我的窗户
古老的文明
常使我的胃疼痛

仅仅一瞬间
青草酿造的牛奶沉寂
玻璃杯上
远处的灯光闪烁
这些环绕着死亡的
未来的嘴唇
有月亮的颜色

仅仅一瞬间
带着遗传秘密的男孩
奔跑中转过身来
从黎明的方向

用玻璃手枪朝我射击
弹道五光十色

仅仅一瞬间
气候习惯了我的呼吸
小雪，风力二级
松鸡在白色恐怖中飞奔
蚯蚓们在地下交谈
冬天里的情人
有着简单的语言

仅仅一瞬间
一把北京的钥匙
打开了北欧之夜的门
两根香蕉一只橙子
恢复了颜色

占　领

夜繁殖的一群蜗牛
闪闪发亮，逼近
人类的郊区
悬崖之间的标语写着：
未来属于你们

失眠已久的礁石
和水流暗合
导游的声音空旷：
这是敌人呆过的地方

少年跛脚而来
又跛脚奔向把守隘口的
方形的月亮

磨 刀

我借清晨的微光磨刀
发现刀背越来越薄
刀锋仍旧很钝
太阳一闪

大街上的人群
是巨大的橱窗里的树林
寂静轰鸣
我看见唱头正沿着
一棵树桩的年轮
滑向中心

此　刻

那伟大的进军
被一个精巧的齿轮
制止

从梦中领取火药的人
也领取伤口上的盐
和诸神的声音
余下的仅是永别
永别的雪
在夜空闪烁

黑　盒

是谁在等待
一次预约的日出

我关上门
诗的内部一片昏暗

在桌子中央
胡椒皇帝愤怒

一支乐曲记住我
并卸下了它的负担

钟表零件散落
在王室的地平线上

事件与事件相连
穿过隧道

巴赫音乐会

一颗罂粟籽挣脱了
鸟儿拨动风向的舌头
千匹红布从天垂落
人们迷失在
鲜艳的死亡中
巢穴空空
这是泄露天机的时刻

大教堂从波涛中升起
海下的山峰
带来史前的寂寞
左手变成玻璃
右手变成铁
我笨拙地鼓着掌
像一只登陆的企鹅

画
——给田田五岁生日

穿无袖连衣裙的早晨到来

大地四处滚动着苹果

我的女儿在画画

五岁的天空是多么辽阔

你的名字是两扇窗户

一扇开向没有指针的太阳

一扇开向你的父亲

他变成了逃亡的刺猬

带上几个费解的字

一只最红的苹果

离开了你的画

五岁的天空是多么辽阔

收 获

一只蚊子
放大了夜的尺寸
它带着一滴
我的血

我是被夜的尺寸
缩小了的蚊子
我带着一滴
夜的血

我是没有尺寸的
飞翔的夜
我带着一滴
天堂的血

夜 归

经历了空袭警报的音乐
我把影子挂在衣架上
摘下那只用于
逃命的狗的眼睛
卸掉假牙，这最后的词语
合上老谋深算的怀表
那颗设防的心

一个个小时掉进水里
像深水炸弹在我的梦中
爆炸

写 作

始于河流而止于源泉

钻石雨
正在无情地剖开
这玻璃的世界

打开水闸，打开
刺在男人手臂上的
女人的嘴巴

打开那本书
词已磨损，废墟
有着帝国的完整

名家诗歌典藏

四 月

四月的风格不变：
鲜花加冰霜加抒情的翅膀

海浪上泡沫的眼睛
看见一把剪刀
藏在那风暴的口袋中

我双脚冰凉，在田野
那阳光鞣制的虎皮前止步

而头在夏天的闪电之间冥想
两只在冬天聋了的耳朵
向四周张望——

星星，那些小小的拳头
集结着浩大的游行

第 四 辑

岁　末

从一年的开始到终结
我走了多年
让岁月弯成了弓
到处是退休者的鞋
私人的尘土
公共的垃圾

这是并不重要的一年
铁锤闲着，而我
向以后的日子借光
瞥见一把白金尺
在铁砧上

午夜歌手

一首歌
是房顶上奔跑的贼
偷走了六种颜色
并把红色指针
指向四点钟的天堂
四点钟爆炸
在公鸡脑袋里
有四点钟的疯狂

一首歌
是棵保持敌意的树
在边界另一方
它放出诺言
那群吞吃明天的狼

一首歌
是背熟身体的镜子
是记忆之王
是蜡制的舌头们

议论的火光
是神话喂养的花草
是蒸汽火车头
闯进教堂

一首歌
是一个歌手的死亡
他的死亡之夜
被压成黑色唱片
反复歌唱

多事之秋

深深陷入黑暗的蜡烛
在知识的页岩中寻找标本
鱼贯的文字交尾后
和文明一起沉睡到天明

惯性的轮子，禁欲的雪人
大地棋盘上的残局
已搁置了多年
一个逃避规则的男孩
越过界河去送信
那是诗，或死亡的邀请

以　外

瓶中的风暴率领着大海前进
码头以外，漂浮的不眠之床上
拥抱的情人接上权力的链条
画框以外，带古典笑容的石膏像
以一日之内的阴影说话
信仰以外，骏马追上了死亡
月亮不停地在黑色事件上盖章
故事以外，一棵塑料树迎风招展
阴郁的粮食是我们生存的借口

致托马斯·特朗斯特罗默

你把一首诗的最后一句
锁在心里——那是你的重心
随钟声摆动的教堂的重心
和无头的天使跳舞时
你保持住了平衡

你的大钢琴立在悬崖上
听众们紧紧抓住它
惊雷轰鸣，琴键疾飞
你回味着夜的列车
怎样追上了未来的黑暗

从蓝房子的车站出发
你冒雨去查看蘑菇
日与月，森林里的信号灯
七岁的彩虹后面
挤满戴着汽车面具的人

午后随笔

女侍沉甸甸的乳房
草莓冰激凌

遮阳伞礼貌地照顾我
太阳照顾一只潮虫

醉汉们吹响了空酒瓶
我和烟卷一起走神

警笛，收缩着地平线
限制了我的时间

水龙头干吼的四合院
升起了无为的秋天

苹果与顽石

大海的祈祷仪式
一个坏天气俯下了身

顽石空守五月
抵抗着绿色传染病

四季轮流砍伐着大树
群星在辨认道路

醉汉以他的平衡术
从时间中突围

一颗子弹穿过苹果
生活已被借用

桥

我调整着录音机的音量
——生存的坡度
旧时代的风范和阳光一起
进入某些细节，闪烁

早晨的撑船人穿越墙壁

被记录的风暴
散发着油墨的气息
在记忆与遗忘的滚筒之间
报纸带着霉菌，上路

无 题

苍鹰的影子掠过
麦田战栗

我成为夏天的解释者
回到大路上
戴上帽子集中思想

如果天空不死

东方旅行者

早饭包括面包果酱奶油
和茶。我看窗外肥胖的鸽子
周围的客人动作迟缓
水族馆

我沿着气泡攀登

四匹花斑小马的精彩表演
它们期待的是燕麦
细细咀嚼时间的快乐

我沿着雷鸣的掌声攀登

推土机过后的夏天
我和一个陌生人交换眼色
死神是偷拍的大师
他借助某只眼睛
选取某个角度

我沿着陌生人的志向攀登

那自行车赛手表情变形
他无法停下来，退出急流
像弹钢琴的某个手指

我沿着旋律攀登

某人在等火车时入睡
他开始了终点以后的旅行
电话录音机回答：
请在信号声响后留话

忧 郁

我乘电梯从地下停车场
升到海平线的位置
冥想继续上升，越过蓝色

像医生一样不可阻挡
他们，在决定我的一生：
通向成功的道路

男孩子的叫喊与季节无关
他在成长，他知道
怎样在梦里伤害别人

夜 巡

他们的天空，我的睡眠
黑暗中的演讲者

在冬天转车
在冬天转车
养蜂人远离他的花朵

另一个季节在停电
小小的祭品啊
不同声部的烛火

老去已不可能，老去的
半路，老虎回头——

毒 药

烟草屏住呼吸

流亡者的窗户对准
大海深处放飞的翅膀
冬日的音乐驶来
像褪色的旗帜

是昨天的风，是爱情

悔恨如大雪般降落
当一块石头裸露出结局
我以此刻痛哭余生

再给我一个名字

我伪装成不幸
遮挡母语的太阳

在 天 涯

群山之间的爱情

永恒，正如万物的耐心
简化人的声音
一声凄厉的叫喊
从远古至今

休息吧，疲惫的旅行者
受伤的耳朵
暴露了你的尊严

一声凄厉的叫喊

醒 悟

成群的乌鸦再次出现
冲向行军的树林

我在冬天的斜坡上醒来
梦在向下滑行

有时阳光仍保持
两只狗见面时的激动

那交响乐是一所医院
整理着尘世的混乱

老人突然撒手
一生织好的布匹

水涌上枝头
金属的玫瑰永不凋零

新 世 纪

倾心于荣耀，大地转暗
我们读混凝土之书的
灯光，读真理

金子的炸弹爆炸
我们情愿成为受害者
把伤口展示给别人

考古学家会发现
底片上的时代幽灵
一个孩子抓住它，说不

是历史妨碍我们飞行
是鸟妨碍我们走路
是腿妨碍我们做梦

是我们诞生了我们
是诞生

忠　诚

别开灯
黑暗之门引来圣者

我的手熟知途径
像一把旧钥匙
在心的位置
打开你的命运

三月在门外飘动

几根竹子摇晃
有人正从地下潜泳
暴风雪已过
蝴蝶重新集结

我信仰般追随你
你追随死亡

无　题

在母语的防线上
奇异的乡愁
垂死的玫瑰

玫瑰用茎管饮水
如果不是水
至少是黎明

最终露出午夜
疯狂的歌声
披头散发

夏季指南

如隐身的匠人敲打金箔
大海骤然生辉——
船只四出追逐夜色
带着灯，那天使们的水晶

鸥群进行着神秘的运算
结果永远是那受伤的一只
风吹起它耷拉的羽毛
夸大了这一垂死的事实

峭壁像手风琴般展开
回声，使做爱的人们发狂
岸上唯一的古堡
和海中的映像保持对称

一幅肖像

为信念所伤，他来自八月
那危险的母爱
被一面镜子夺去
他侧身于犀牛与政治之间
像裂缝隔开时代

哦同谋者，我此刻
只是一个普通的游客
在博物馆大厅的棋盘上
和别人交叉走动

激情不会过时
但访问必须秘密进行
我突然感到那琴弦的疼痛
你调音，为我奏一曲
在众兽涌入历史之前

关于永恒

从众星租来的光芒下
长跑者穿过死城

和羊谈心
我们共同分享美酒
和桌下的罪行

雾被引入夜歌
炉火如伟大的谣言
迎向风

如果死是爱的理由
我们爱不贞之情
爱失败的人
那察看时间的眼睛

第 五 辑

抵 达

那时我们还年轻

疲倦得像一只瓶子

等待愤怒升起

哦岁月的愤怒

火光羞惭啊黑夜永存

在书中出生入死

圣者展现了冬天的意义

哦出发的意义

汇合着的啜泣抬头

大声叫喊

被主所遗忘

另 一 个

这棋艺平凡的天空
看海水变色
楼梯深入镜子
盲人学校里的手指
触摸鸟的消亡

这闲置冬天的桌子
看灯火明灭
记忆几度回首
自由射手们在他乡
听历史的风声

某些人早已经匿名
或被我们阻拦在
地平线以下
而另一个在我们之间
突然嚎啕大哭

蓝 墙

道路追问天空

一只轮子
寻找另一只轮子作证：

这温暖的皮毛
闪电之诗
生殖和激情
此刻或缩小的全景
无梦

是汽油的欢乐

完 整

在完整的一天的尽头
一些搜寻爱情的小人物
在黄昏留下了伤痕

必有完整的睡眠
天命在其中关怀某些
开花的特权

当完整的罪行进行时
钟表才会准时
火车才会开动

琥珀里完整的火焰
战争的客人们
围着它取暖

冷场，完整的月亮升起
一个药剂师在配制
剧毒的时间

背　景

必须修改背景
你才能够重返故乡

时间撼动了某些字
起飞，又落下
没透露任何消息
一连串的失败是捷径
穿过大雪中寂静的看台
逼向老年的大钟

而一个家庭宴会的高潮
和酒精的含量有关
离你最近的女人
总是带着历史的愁容
注视着积雪、空行

田鼠们所坚信的黑暗

无　题

在父亲平坦的想象中
孩子们固执的叫喊
终于撞上了高山
不要惊慌
我沿着某些树的想法
从口吃转向歌唱

来自远方的悲伤
是一种权力
我用它锯桌子
有人为了爱情出发
而一座宫殿追随风暴
驶过很多王朝

带家具的生活
此外，跳蚤擂动大鼓
道士们练习升天
青春深入小巷
为夜的逻辑而哭
我得到休息

这一天

风熟知爱情
夏日闪烁着皇家的颜色
钓鱼人孤独地测量
大地的伤口
敲响的钟在膨胀
午后的漫步者
请加入这岁月的含义

有人俯向钢琴
有人扛着梯子走过
睡意被推迟了几分钟
仅仅几分钟
太阳在研究阴影
我从明镜饮水
看见心目中的敌人

男高音的歌声
像油轮激怒大海
我凌晨三时打开罐头
让那些鱼大放光明

二 月

夜正趋于完美
我在语言中漂流
死亡的乐器
充满了冰

谁在日子的裂缝上
歌唱，水变苦
火焰失血
山猫般奔向星星
必有一种形式
才能做梦

在早晨的寒冷中
一只觉醒的鸟
更接近真理
而我和我的诗
一起下沉
书中的二月：
某些动作与阴影

进　程

日复一日，苦难
正如伟大的事业般衰败
像一个小官僚
我坐在我的命运中
点亮孤独的国家

死者没有朋友
盲目的煤，嘹亮的灯光
我走在我的疼痛上
围栏以外的羊群
似田野开绽

形式的大雨使石头
变得残破不堪
我建造我的年代
孩子们凭借一道口令
穿过书的防线

我 们

失魂落魄
提着灯笼追赶春天

伤疤发亮，杯子转动
光线被创造
看那迷人的时刻：
盗贼潜入邮局
信发出叫喊

钉子啊钉子
这歌词不可更改
木柴紧紧搂在一起
寻找听众

寻找冬天的心
河流尽头
船夫等待着茫茫暮色

必有人重写爱情

明　镜

夜半饮酒时
真理的火焰发疯
回首处
谁没有家
窗户为何高悬

你倦于死
道路倦于生
在那火红的年代
有人昼伏夜行
与民族对弈

并不止于此
挖掘你睡眠的人
变成蓝色
早晨倦于你
明镜倦于词语

想想爱情

你有如壮士
惊天动地之处
你对自己说
太冷

早　晨

那些鱼内脏如灯
又亮了一次

醒来，口中含盐
好似初尝喜悦

我出去散步
房子学会倾听

一些树转身
某人成了英雄

必须用手势问候
鸟和打鸟的人

重　影

谁在月下敲门
看石头开花
琴师在回廊游荡
令人怦然心动
不知朝夕
流水和金鱼
拨动时光方向

向日葵受伤
指点路径
盲人们站在
不可理解之光上
抓住愤怒
刺客与月光
一起走向他乡

领 域

今夜始于何处
客人们在墙上干杯
妙语与灯周旋

谁苦心练习
演奏自己的一生
那秃头钢琴家
家里准有一轮太阳

模仿沉默
我的手爬过桌子

有人把狗赶进历史
再挖掘出来
它们把住大门
一对老人转身飞走
回头时目光凶狠

二月招来乡下木匠

重新支撑天空
道路以外的春天
让人忙于眺望

无　题
——给马丁·莫依

集邮者们窥视生活
欢乐一闪而过

夜傲慢地跪下
托起世代的灯火

风转向，鸟发狂
歌声摇落多少苹果

不倦的情人白了头
我俯身看命运

泉水安慰我
在这无用的时刻

无　题

人们赶路，到达
转世，隐入鸟之梦
太阳从麦田逃走
又随乞丐返回

谁与天比高
那早夭的歌手
在气象图里飞翔
掌灯冲进风雪

我买了份报纸
从日子找回零钱
在夜的入口处
摇身一变

被颂扬之鱼
穿过众人的泪水
喂，上游的健康人
到明天有多远

紫　色

明亮的下午
号角阵阵
满树的柿子晃动
如知识在脑中
我开门等夜
在大师的时间里
读书，下棋
有人从王位上
扔出石头

没有击中我
船夫幽灵般划过
波光创造了你
并为你文身
我们手指交叉
一颗星星刹住车
照亮我们

旧　地

死亡总是从反面
观察一幅画

此刻我从窗口
看见我年轻时的落日
旧地重游
我急于说出真相
可在天黑前
又能说出什么

饮过词语之杯
更让人干渴
与河水一起援引大地
我在空山倾听
吹笛人内心的呜咽

税收的天使们
从画的反面归来
从那些镀金的头颅
一直清点到落日

为　了

不眠之灯引导着你
从隐藏的棋艺中
找到对手

歌声兜售它的影子
你从某个结论
走向开放的黎明
为什么那最初的光线
让你如此不安？

一颗被种进伤口的
种子拒绝作证：
你因期待而告别
因爱而受苦

激情，正如轮子
因闲置而完美

无　题

当语言发疯，我们
在法律的一块空地上
因聋哑而得救
一辆辆校车
从光的深渊旁驶过
夜是一部旧影片
琴声如雨浸润了时代

孤儿们追逐着蓝天
服丧的书肃立
在通往阐释之路上
杜鹃花及姐妹们
为死亡而开放

失　眠

你在你的窗外看你
一生的光线变幻

因嫉妒而瞎了眼
星星逆风而行
在死亡的隐喻之外
展开道德的风景

在称为源泉的地方
夜终于追上了你
那失眠的大军
向孤独的旗帜致敬

辗转的守夜人
点亮那朵惊恐之花
猫纵身跃入长夜
梦的尾巴一闪

零度以上的风景

是鹞鹰教会歌声游泳
是歌声追溯那最初的风

我们交换欢乐的碎片
从不同的方向进入家庭

是父亲确认了黑暗
是黑暗通向经典的闪电

哭泣之门砰然关闭
回声在追赶它的叫喊

是笔在绝望中开花
是花反抗着必然的旅程

是爱的光线醒来
照亮零度以上的风景

不 对 称

历史的诡计之花开放
忙于演说的手指受伤
攒下来的阳光成为年龄
你沉于往事和泡沫
埋葬愤怒的工具
一个来自过去的陌生人
从镜子里指责你

而我所看到的是
守城的昏鸦正一只只死去
教我呼吸和意义的老师
在我写作的阴影咳血
那奔赴节日的衣裙
随日蚀或完美的婚姻
升起，没有歌声

蜡

青春期的蜡
深藏在记忆的锁内
火焰放弃了酒
废墟上的匆匆过客
我们的心

我们的心
会比恨走得更远
夜拒绝明天的读者
被点燃的蜡烛
晕眩得像改变天空的
一阵阵钟声
此刻唯一的沉默

此刻唯一的沉默
是裸露的花园
我们徒劳地卷入其中
烛火比秋雾更深
漫步到天明

关 键 词

我的影子很危险
这受雇于太阳的艺人
带来的最后的知识
是空的

那是蛀虫工作的
黑暗属性
暴力的最小的孩子
空中的足音

关键词，我的影子
锤打着梦中之铁
踏着那节奏
一只孤狼走进

无人失败的黄昏
鹭鸶在水上书写
一生一天一个句子
结束

无　题

千百个窗户闪烁
这些预言者
在昨天与大海之间
哦迷途的欢乐

桥成为现实
跨越公共的光线
而涉及昨日玫瑰的
秘密旅行提供
一张纸一种困境

母亲的泪我的黎明

远　景

海鸥，尖叫的梦
抗拒着信仰的天空
当草变成牛奶
风失去细节

若风是乡愁
道路就是其言说

在道路尽头
一只历史的走狗
扮装成夜
正向我逼近

夜的背后
有无边的粮食
伤心的爱人

边　境

风暴转向北方的未来
病人们的根在地下怒吼
太阳的螺旋桨
驱赶蜜蜂变成光芒
链条上的使者们
在那些招风耳里播种

被记住的河流
不再终结
被偷去了的声音
已成为边境

边境上没有希望
一本书
吞下一个翅膀
还有语言的坚冰中
赎罪的兄弟
你为此而斗争

借来方向

一条鱼的生活
充满了漏洞
流水的漏洞啊泡沫
那是我的言说

借来方向
醉汉穿过他的重重回声
而心是看家狗
永远朝向抒情的中心

行进中的音乐
被一次事故所粉碎
天空覆盖我们
感情生活的另一面

借来方向
候鸟挣脱了我的睡眠
闪电落入众人之杯
言者无罪

新 年

怀抱花朵的孩子走向新年
为黑暗文身的指挥啊
在倾听那最短促的停顿

快把狮子关进音乐的牢笼
快让石头佯装成隐士
在平行之间移动

谁是客人？当所有的日子
倾巢而出在路上飞行
失败之书博大精深

每一刻都是捷径
我得以穿过东方的意义
回家，关上死亡之门

无　题

醒来是自由
那星辰之间的矛盾

门在抵抗岁月
丝绸卷走了叫喊
我是被你否认的身份
从心里关掉的灯

这脆弱的时刻
敌对的岸
风折叠所有的消息
记忆变成了主人

哦陈酒
因表达而变色
煤会遇见必然的矿灯
火不能为火作证

冬 之 旅

谁在虚无上打字
太多的故事
是十二块石头
击中表盘
是十二只天鹅
飞离冬天

而夜里的石头
描述着光线
盲目的钟
为缺席者呼喊

进入房间
你看见那个丑角
在进入冬天时
留下的火焰

名家诗歌典藏

否　认

蒙面的纪念日
是一盏灯笼
收割从夜开始
到永恒

从死者的眼里
采摘棉花
冬天索回记忆
纺出十年长的风

日子成为路标
风叩响重音之门
果园没有历史
梦里没有医生

逃离纪念日
我呼吸并否认

工 作

与它的影子竞赛
鸟变成了回声

并非偶然，你
在风暴中选择职业
是飞艇里的词
古老的记忆中的
刺

开窗的母亲
像旧书里的主人公
展开秋天的折扇
如此耀眼

你这不肖之子
用白云擦洗玻璃
擦洗玻璃中的自己

第 六 辑

阅　读

品尝多余的泪水
你的星宿啊
照耀着迷人的一天

一双手是诞生中
最抒情的部分
一个变化着的字
在舞蹈中
寻找它的根

看夏天的文本
那饮茶人的月亮
正是废墟上
乌鸦弟子们的
黄金时间

所有跪下的含义
损坏了指甲
所有生长的烟

加入了人的诺言

品尝多余的大海
背叛的盐

安 魂 曲
——给珊珊

那一年的浪头
淹没了镜中之沙
迷途即离别
而在离别的意义上
所有语言的瞬间
如日影西斜

生命只是个诺言
别为它悲伤
花园毁灭以前
我们有过太多时间
争辩飞鸟的含义
敲开午夜之门

孤独像火柴被擦亮
当童年的坑道
导向可疑的矿层
迷途即离别

而诗在纠正生活
纠正诗的回声

阳　台

钟声是一种欲望
会导致错误的风向
有人沿着街道的
吩咐回家
走向他的苹果

说书人和故事一起
迁移，没再回来
数数鸟窝
我们常用数字
记住那赤脚的歌声
年代就这样
爬上我们的黄昏

刚好到陈酒斟在
杯子里的高度
回忆忙于挑选客人
看谁先到达

古　堡

那些玫瑰令人羞惭
像这家族的真理
让你久久逗留

喷泉追溯到生殖
黑暗的第一线光明
死水吞吃浮雕上
骄傲的火焰

松裹的迷宫是语法
你找到出路才会说话
沿着一级级台阶
深入这语言的内部
明门暗道通向
那回声般的大厅

你高喊，没有回声
在环绕你的肖像中
最后一代女主人

移开她老年的面具

在情欲之杯饮水
她目送一只猫
走出那生命的界限
零度，琴声荡漾
他人的时刻表
不再到达的明天

1916 年。战争箭头
指往所有方向
她铺上雪白的桌布
召唤饥饿的艺术
当最后的烛火
陈述着世纪的风暴
她死于饥饿

井，大地的独眼

你触摸烛台
那双冰冷的手
握住火焰
她喂养过的鸽子
在家族的沉默做窝

听到明天的叹息
大门砰然关闭
艺术已死去
玫瑰刚刚开放

无　题

小号如尖锐的犁
耕种夜：多久
阳光才会破土

多久那聆听者才会
转身，看到我们
多久我们才会
通过努力
成为我们的荣耀

直到谷粒入仓
这思想不属于谁
那有此刻与来世的
落差：巨浪拍岸
我们与青春为邻
听狂暴心跳

在更空旷的地方
睡眠塞满稻草

岗 位

一只麋鹿走向陷阱
权力，枞树说，斗争

怀着同一秘密
我头发白了
退休——倒退着
离开我的岗位

只退了一步
不，整整十年
我的时代在背后
突然敲响大鼓

战　后

从梦里蒸馏的形象
在天边遗弃旗帜

池塘变得明亮
那失踪者的笑声
表明：疼痛
是莲花的叫喊

我们的沉默
变成草浆变成
纸，那愈合
书写伤口的冬天

嗅　觉

那气味让人记忆犹新
像一辆马车穿过旧货市场
古董、假货和叫卖者的
智慧蒙上了灰尘

和你的现实总有距离
在和老板的争吵中
你看见窗户里的广告
明天多好，明天牌牙膏

你面对着五个土豆
第六个是洋葱
这盘棋的结局如悲伤
从航海图上消失

开　车

旋律挣脱琴弦的激动
随烟雾溜出车窗
加入祖父们的灵魂

早安，白房子
你这田野永远奔忙的
救护车狂风
妄想打开的书映在
天上那电影的
忠实观众

醒来的人继续着
梦中的工作
驾驶巨大的割麦机
除掉不洁的念头

红灯亮了：
筑路工的真理

无　题

被笔勾掉的山水
在这里重现

我指的绝不是修辞
修辞之上的十月
飞行处处可见
黑衣侦察兵
上升，把世界
微缩成一声叫喊

财富变成洪水
闪光一瞬扩展成
过冬的经验
当我像个伪证人
坐在田野中间
大雪部队卸掉伪装
变成语言

不

答案很快就能知道
日历，那撒谎的光芒
已折射在他脸上

临近遗忘临近
田野的旁白
临近祖国这个词
所拥有的绝望

麦粒饱满
哦成熟的哭泣
今夜最忠实的孤独
在为他引路

他对所有排队
而喋喋不休的日子
说不

中 秋 节

含果核的情人
许愿，互相愉悦
直到从水下
潜望父母的婴儿
诞生

那不速之客敲我的
门，带着深入
事物内部的决心

树在鼓掌

喂，请等等，满月
和计划让我烦恼
我的手翻飞在
含义不明的信上
让我在黑暗里
多坐一会儿，好像
坐在朋友的心中

这城市如冰海上
燃烧的甲板
得救？是的，得救
水龙头一滴一滴
哀悼着源泉

夜　空

沉默的晚餐
盘子运转着黑暗
让我们分享
这煮熟的愤怒
再来点盐

假设拥有更大的
空间——舞台
饥饿的观众
越过我们的表演
目光向上

如升旗，升向
夜空：关闭的广场
一道光芒指出变化
移动行星
我们开始说话

无　题

被雾打湿
念头像被寒流
抖落的鸟群
你必忍受年龄
守望田野
倾听伟大音乐中
迂回的小径

而你是否会被
演奏所忽略
荒芜啊

不，简单
而并不多余
那赞美
那天空与大地
在水面之吻

灵魂游戏

那些手梳理秋风
有港口就有人等待
晴天，太多的
麻烦汇集成乌云

天气在安慰我们
像梦够到无梦的人

日子和楼梯不动
我们上下奔跑
直到蓝色脚印开花
直到记忆中的脸
变成关上的门

请坐，来谈谈
这一年剩下的书页
书页以外的沉沦

哭 声

大雪之蹄踏遍牧场
狂风正是骑手

历史不拥有动词
而动词是那些
试着推动生活的人
是影子推动他们
并因此获得
更阴暗的含义

一把小提琴诱导
我们转向过去
听人类早年的哭声
其中有荣耀
迷途先知的不幸

让不幸降到我们
所理解的程度
每家展开自己的旗帜
床单、炊烟或黄昏

教师手册

一所尚未放学的学校
暴躁不安但克制
我睡在它旁边
我的呼吸够到课本
新的一课：飞行

当陌生人的骄傲
降下三月雪
树扎根于天空
笔在纸上突围
河的拒绝桥的邀请

上钩的月亮
在我熟悉的楼梯
拐角，花粉与病毒
伤及我的肺伤及
一只闹钟

放学是场革命

孩子们跨越光的栅栏

转入地下

我和那些父母一起

看上升的星星

练 习 曲

风，树林的穷亲戚
去天边度假
向巨钟滚动的河
投掷柠檬

摄影机追随着阳光
像钢琴调音
那些小小的死亡
音色纯正

写作与战争同时进行
中间建造了房子
人们坐在里面
像谣言，准备出发

戒烟其实是戒掉
一种手势
为什么不说
词还没被照亮

写 信

那地址在我出生时
奔忙，贴上邮票

直到我搬家
它才变得完整

签名，然后我
穿过夜的无言歌

多少迷途的窗户
才能藏住一个月亮

日子，金色油漆
我们称为恐惧

怀 念

从呼吸困难的
终点转身——
山冈上的落叶天使
屋脊起伏的大海

回到叙述途中
水下梦想的潜水员
仰望飞逝的船只
旋涡中的蓝天

我们讲的故事
暴露了内心的弱点
像祖国之子
暴露在开阔地上

风与树在对话
那一瘸一拐的行走
我们围拢一壶茶
老年

代　课

沉船和第六街退休的
将军因阻挡过风暴嗜睡
我被辞退，一封信
带着权威的数字
让我承认他们的天空
是的，我微不足道
我的故事始于一个轮子

白桦林整齐的弓弦
一起搭向骏马的脖颈
游说于地图的歧路
穿过记忆时染上了颜色
图书馆已关门
那些被分类的证人
等待着逆时针的爱情

我为一位老师代课
她到丛林去生一本书
我扑向比书更大的黑板

鸟在其中藏起粮食
窗外，草地发蓝
从卖气球的人那里
每个孩子牵走一个心愿

名家诗歌典藏

晨　歌

词是歌中的毒药

在追踪歌的夜路上
警笛回味着
梦游者的酒精

醒来时头疼
像窗户透明的音箱
从沉默到轰鸣

学会虚度一生
我在鸟声中飞翔
高叫永不

当风暴加满汽油
光芒抓住发出的信
展开，再撕碎

目 的 地

你沿着奇数
和练习发音的火花
旅行，从地图
俯瞰道路的葬礼
他们挖得真深
触及诗意

句号不能止住
韵律的阵痛
你靠近风的隐喻
随白发远去
暗夜打开上颌
露出楼梯

变　形

我背对窗外田野
保持着生活的重心
而五月的疑问
如暴力影片的观众
被烈酒照亮

除了五点钟的蜜
早上的情人正老去
他们合为一体
哦乡愁大海上的
指南针

写作与桌子
有敌意的对角线
星期五在冒烟
有人沿着梯子爬出
观众的视野

回　家

回家，当妄想
收回它的一缕青烟
我的道路平等于
老鼠的隐私

往事令我不安
它是闪电的音叉
伏击那遗忘之手的
隐秘乐器

而此刻的压力
来自更深的蓝色
拐过街角我查看
天书和海的印刷术

我看见我回家
穿过那些夜的玩具
在光的终点
酒杯与呼喊重合

狩　猎

女教师早已褪色
却在残缺的日记中
穿针引线
沿不断开方的走廊
全班追赶着兔子
谁剥下它的皮？

后门通向夏天
橡皮永远擦不掉
转变成阳光的虚线
兔子灵魂低飞
寻找投胎人

这是个故事，很多年
有人竖着耳朵

偷看了一眼天空
我们，吮吸红灯的狼
已长大成人

剪 接

定格像死亡握住的杯子
导演喝了口水
转向观众：
嘿，我说你去哪儿

五号公路。我开车
在沿途田鼠的视野中
架起明亮的电线

莫扎特船长
带我穿过乡愁洪水
太阳海蜇漂浮
高音钓的鱼吐钩
到低音区产卵

导演用喇叭叫喊
隔着很多世纪
我问路问天
问一位死去诗人

所痴迷的句法
答曰：我仅受雇于
一阵悲风

翻书才有昼夜
马蹄匆匆
在石板加深印记
小城贴满电影海报：
导演在微笑

住下，大雪落进
古老的房间
楼梯绕着我的脊椎
触及正在夜空
染色的钟

直到钟声响彻全城

众神探头窗外
我只身混进历史
混进人群
围观一场杂耍

杂耍人就是导演

五个红球在双手间
流星般转动

使 命

牧师在祷告中迷路
一扇通风窗
开向另一个时代：
逃亡者在翻墙

气喘吁吁的词在引发
作者的心脏病
深呼吸，更深些
抓住和北风辩论的
槐树的根

夏天到来了
树冠是地下告密者
低语是被蜂群蜇伤的
红色睡眠
不，一场风暴

读者们纷纷爬上岸

转　椅

我走出房间
像八音盒里的阴影
太阳的马臀摇晃
在正午站稳

转椅空空
从写作漏斗中
有人被白纸过滤：
一张褶皱的脸
险恶的词

关于忍受自由
关于借光

心，好像用于照明
更多的盲人
往返于昼夜间

开　锁

我梦见我在喝酒
杯子是空的

有人在公园读报
谁说服他到老到天边
吞下光芒?
灯笼在死者的夜校
变成清凉的茶

当记忆斜坡通向
夜空，人们泪水浑浊
说谎——在关键词义
滑向刽子手一边

滑向我：空房子

一扇窗户打开
像高音 C 穿透沉默
大地与罗盘转动

对着密码——
破晓!

旱 季

最初是故乡的风
父亲如飞鸟
在睡意蒙眬的河上
突然转向
而你已沉入雾中

如果记忆醒着
像天文台里的夜空
你剪掉指甲
关门开门
朋友难以辨认

直到往日的书信
全部失去阴影
你在落日时分倾听
一个新城市
在四重奏中建成

第 五 街

白日是发明者花园
背后的一声叹息
沉默的大多数
和钟声一起扭头

我沿第五街
走向镜中开阔地
侍者的心
如拳头般攥紧

又是一天
喷泉没有疑问
先知额头的闪电
变成皱纹

一缕烟指挥
庞大的街灯乐队
不眠之夜
我向月亮投降

第 七 辑

黑色地图

寒鸦终于拼凑成
夜：黑色地图
我回来了——归程
总是比迷途长
长于一生

带上冬天的心
当泉水和蜜制药丸
成了夜的话语
当记忆狂吠
彩虹在黑市出没

父亲生命之火如豆
我是他的回声
为赴约转过街角
旧日情人隐身风中
和信一起旋转

北京，让我

跟你所有灯光干杯
让我的白发领路
穿过黑色地图
如风暴领你起飞

我排队排到那小窗
关上：哦明月
我回来了——重逢
总是比告别少
只少一次

拉姆安拉

在拉姆安拉
古人在星空对弈
残局忽明忽暗
那被钟关住的鸟
跳出来报时

在拉姆安拉
太阳像老头翻墙
穿过露天市场
在生锈的铜盘上
照亮了自己

在拉姆安拉
诸神从瓦罐饮水
弓向独弦问路
一个少年到天边
去继承大海

在拉姆安拉

死亡沿正午播种
在我窗前开花
抗拒之树呈飓风
那狂暴原形

时间的玫瑰

当守门人沉睡
你和风暴一起转身
拥抱中老去的是
时间的玫瑰

当鸟路界定天空
你回望那落日
消失中呈现的是
时间的玫瑰

当刀在水中折弯
你踏笛声过桥
密谋中哭喊的是
时间的玫瑰

当笔画出地平线
你被东方之锣惊醒
回声中开放的是
时间的玫瑰

镜中永远是此刻
此刻通向重生之门
那门开向大海
时间的玫瑰

路　歌

在树与树的遗忘中
是狗的抒情进攻
在无端旅途的终点
夜转动所有的金钥匙
没有门开向你

一只灯笼遵循的是
冬天古老的法则
我径直走向你
你展开的历史折扇
合上是孤独的歌

晚钟悠然追问你
回声两度为你作答
暗夜逆流而上
树根在秘密发电
你的果园亮了

我径直走向你

带领所有他乡之路
当火焰试穿大雪
日落封存帝国
大地之书翻到此刻

给 父 亲

在二月寒冷的早晨
橡树终有悲哀的尺寸
父亲，在你照片前
八面风保持圆桌的平静

我从童年的方向
看到的永远是你的背影
沿着通向君主的道路
你放牧乌云和羊群

雄辩的风带来洪水
胡同的逻辑深入人心
你召唤我成为儿子
我追随你成为父亲

掌中奔流的命运
带动日月星辰运转
在男性的孤灯下
万物阴影成双

时针兄弟的斗争构成
锐角，合二为一
病雷滚进夜的医院
砸响了你的门

黎明如丑角登场
火焰为你更换床单
钟表停止之处
时间的飞镖呼啸而过

快追上那辆死亡马车吧
一条春天窃贼的小路
查访群山的财富
河流环绕歌的忧伤

标语隐藏在墙上
这世界并没多少改变：
女人转身融入夜晚
从早晨走出男人

晴　空

夜马踏着路灯驰过
遍地都是悲声
我坐在世纪拐角
一杯热咖啡：体育场
足球比赛在进行
观众跃起变成乌鸦

失败的谣言啊
就像早上的太阳

老去如登高
带我更上一层楼
云中圣者擂鼓
渔船缝纫大海
请沿地平线折叠此刻
让玉米星星在一起

上帝绝望的双臂
在表盘转动

那最初的

日夜告别于大树顶端
翅膀收拢最后光芒
在窝藏青春的浪里行船
死亡转动内心罗盘

记忆暴君在时间的
镜框外敲钟——乡愁
搜寻风暴的警察
因辨认光的指纹晕眩

天空在池塘养伤
星星在夜剧场订座
孤儿带领盲目的颂歌
在隘口迎接月亮

那最初的没有名字
河流更新时刻表
太阳撑开它耀眼的伞
为异乡人送行

同 行

这书很重，像锚
沉向生还者的阐释中
你的脸像大洋彼岸的钟
不可能交谈
词整夜在海上漂浮
早上突然起飞

笑声落进空碗里
太阳在肉铺铁钩上转动
头班公共汽车开往
田野尽头的邮局
哦那绿色变奏中的
离别之王

闪电，风暴的邮差
迷失在开花的日子以外
我形影不离紧跟你
从教室走向操场
在迅猛生长的杨树下
变小，各奔东西

青 灯

——给魏斐德 (Fred Wakeman)

故国残月

沉入深潭中

重如那些石头

你把词语垒进历史

让河道转弯

花开几度

催动朝代盛衰

乌鸦即鼓声

帝王们如蚕吐丝

为你织成长卷

美女如云

护送内心航程

青灯掀开梦的一角

你顺手挽住火焰

化作漫天大雪

把酒临风

你和中国一起老去

长廊贯穿春秋

大门口的陌生人

正砸响门环

盐

—— 为郎静山《盐厂》题照

底片上暗夜的煤
变成人们每日的盐
一只鸟获得新的高度：
那些屋顶的补丁
让大地更完美

烟高于树
正来自根的记忆
模仿着大雪
时间展示它的富足
从呼喊的盲井
溢出早晨的悲哀

沿东倒西歪的篱笆
风醉倒在路旁
那穿透迷雾的钟声——
让这纸怦然心动